妖怪捕物帖

妖怪江戶篇

② 狐妖捕快初會刺蝟大盜！

大崎梯造 著
有賀等 繪

新雅文化事業有限公司
www.sunya.com.hk

主角與他的朋友們

狐妖岡七

嗨！我是岡七，多多指教啊！

岡七是這個故事的主角，他在妖怪江戶鎮當捕快（捕快即類似現在的警察或偵探）。他今年一百一十一歲，不過妖怪的年齡大概是人類的十倍，所以用人類年齡來計算的話，他大概十一歲。

狐妖這種妖怪如果長出九條尾巴，就會成為一頭成熟而厲害的「九尾狐」，可是岡七暫時只有七條尾巴。所以他在追捕妖怪時，有時還是會失手啊……

岡七現時獨居在妖怪江戶鎮的一座破爛長屋裏。

他的絕招是變身和操控狐火！

妖怪全都擁有奇妙的妖力，可以使用妖術。而岡七最厲害的就是變身，和使用一種名為「狐火」的火焰彈！

變身術！
我變！
登場！

看招，狐火！
熊！

岡七發射的狐火不單可以燃燒物件，還有很多不同的變化，例如會發光或爆炸！

長頸妖怪阿六

阿六是一個長頸女孩，跟岡七一起長大，現在也跟岡七住在同一座長屋裏。她今年一百一十二歲，比岡七年長一歲。因為她可以隨意伸長頸項，所以喜歡四處窺看秘密。

她很熱心照顧岡七，但有時卻會跟他吵起架來……

小岡，你今天工作也要好好加油啊！

草鞋妖怪草助

草鞋是古人穿的鞋子啊！

草助是岡七的跟班，他是草鞋的古物精怪。

所謂古物精怪，原是一些古舊的用具，經過長年累月慢慢成精。

草助現在已是九十九歲，他跟岡七和阿六分開，住在不同的長屋裏。

好了好了，故事現在開始了！
啪～
好緊張啊！

第一回
月夜大追捕

這班官兵在追捕的正是……
最近把妖怪江戶鎮弄得翻天覆地的大盜——刺蝟小子，他叫零吉。

嘿，還真好玩啊！你們認為抓得到我的話，就即管來啊！
奸笑
刺蝟小子零吉

「可惡，你別得意！大家上！」

負責指揮行動的高官一聲令下，官兵們全都一起撲向零吉，展開攻擊！

可是，零吉靈敏地跳到圍牆上，躲開了官兵的攻擊。

「可惡！那傢伙太敏捷了！」

「我不只是敏捷啊，吃我這一招吧！」

零吉邊說邊從圍牆跳起，

隨着零吉在半空轉動，他的身體發射出大量的刺針，如雨點一樣灑在官兵的頭上。

「呼，你只是在嚇唬小孩！喂！刺蝟小子，你的刺針絕技全都射失了啊！」

「嘿嘿，你想得美！」

官兵們低頭一看，發現自己在地上的影子，正被插着眾多的刺針。
御用
這、這是幹麼？
而且被刺針插中影子的官兵們，竟然完全動彈不了！
身體不能動啊！

看到了嗎？這個就是刺蝟妖術，縫影針。

「可、可惡！竟然用上這樣的邪術……」

「我先走了，後會有期！」

零吉跳到圍牆另一端，留下動彈不得的官兵，消失個無影無蹤。

在妖怪江戶鎮鬧得沸沸揚揚的這名大盜——刺蝟小子零吉，是在最近兩個月才出現的。雖說他是個大盜，可他的目標只是奸商和貪官，即是靠做壞事而賺大錢的壞蛋。

而且他偷取財物時，並不會偷偷摸摸地進出富豪們的大宅。他每次在大幹一番，偷取大筆金錢後，一定會留下一張字條，寫着「刺蝟小子零吉到此一遊」。

然後，他會把偷來的錢，拋進窮苦居民的家裏。所以妖怪江戶鎮的鎮民，不知從何時開始，把零吉當作正義的大盜，喚他作「俠盜」。

颼颼
零吉今晚也潛入了某位富翁的大宅，但是被預早埋伏了的官兵發現，所以上演了剛才一場追捕劇。
零吉又再次施展神奇的妖術，從官兵的追捕中逃了出來；可是，他的手還是受傷了。
一個不小心就弄成這樣了……
踏踏踏……

到了第二日的早晨——
大哥～！
不好了～！
草助就如平時一樣，跑來狐妖岡七居住的長屋。
岡七大哥！不好了！
打開

龐然大物
嗚哇哇——！
真是的，岡七大哥，你又在練習變身術嗎？你用同一招來嚇我，可不好玩啊。
嘿呼呼
嗨，草助，你剛剛說什麼事情不好了？
咦？

大哥在這，那這怪物是誰？
你說誰是怪物啊！
小岡，快把我變回原形啊！
好的。

解除妖術！
變化
啊！

「什麼？原來是阿六小姐嗎？」

草助撫着胸口，呼了一口氣說。

「不過，你為什麼會變成那樣子的？」

「嘻嘻，我在練習新的妖術啊。」

岡七雖然很擅長變身術，令自己變身成其他東西；但他正在練習的，卻是將身邊的妖怪變身的妖術。

「這個妖術叫『轉移變身術』啊！很厲害吧？」

「所以我就成了他的試驗品了。真是有夠麻煩的！」

「原來是這麼一回事嗎？」

「不過，還是變得不太完美啊……阿六的頸項還是伸得很長很長，我本來想讓她的頸項也縮短的。」

呵呵，大哥自己變身的時候也常出錯，何況要令我們變身呢？
你、你說什麼！
嘩哈哈！草助說得好！你把小岡徹底擊敗了！

「哼！算了。草助，你是來幹什麼的？快說！」

「啊，對了！刺蝟小子昨晚又出動了！」

草助從認識的官兵那裏，聽到昨晚的追捕事件，並告訴岡七。

「是嗎……可惡！如果我在場的話，可不會讓那傢伙這麼輕易就逃得掉啊！」

「昨晚的追捕行動好像只派出了官兵，沒有請你們捕快來參與，所以真的愛莫能助……」

「混賬的刺蝟小子！我一定要抓到你！」

「小岡，你一定非要抓到他不行嗎？」

「當然啊！他是個盜賊，是小賊匪啊！」

「可是，刺蝟小子只會偷取壞蛋富豪的不義之財，而且偷來的錢，他也會分發給窮苦民眾啊。」

他在妖怪江戶鎮很受歡迎，被稱讚是俠盜啊。
不對，就算錢是從壞蛋那裏偷來的，但偷竊始終是壞事啊！對吧，草助？
話雖如此，但刺蝟小子現在很得妖怪江戶鎮的民心，如果你抓了他的話，大家不單不會感謝你，反而會生你的氣也說不定啊！

這個時候，有妖怪在岡七的家門前窺探進來。
不好意思，請問這裏是岡七老大的府上嗎？
是的，我就是岡七了，有事找我嗎？

「我是在『赤鬼屋』釀酒店工作的。」
門外的小孩自我介紹說。

所謂的釀酒店，就是釀造和販賣酒類的店鋪。

「我知道赤鬼屋啊，發生什麼事了嗎？」

「我們的店，昨晚發生事情了……我家主子想請問你可不可以過來，幫我們調查一下。」

「好的，我知道了！」

草助，走吧！
好的！
小岡，加油啊！
起步跑

岡七就這樣出發，開始他今天的捕快工作了。

究竟赤鬼屋發生了什麼事情呢？

妖怪江戶鎮的各式妖怪 長屋篇

這個故事的舞台——妖怪江戶鎮，究竟當中有什麼妖怪居民呢？我們就來探看岡七和阿六他們居住的長屋吧！

長屋其實類似現在的公寓大廈，分開多個住宅，有不同住戶向房東租賃房間。

阿六的家
岡七的家
空房
貓婆婆・阿玉的家
我住的長屋已經很古老，建築物本身又破破爛爛的，所以我們愛稱它做破爛長屋。
正因為這樣，裏面沒租出的空房子蠻多啊。

長生不死的貓會變成一種叫做「叉尾貓」的妖怪，阿玉婆婆正是這樣的貓妖，她已經長壽到自己幾多歲都記不

嘗垢妖怪·舔舔助的家

嘗垢妖怪妖如其名，非常喜歡舔嘗積聚在廚房和浴室的污垢。舔舔助利用他的「特長」來工作，幫鄰居打掃浴室。

※水井和茅廁是長屋住客共用的。

我的長屋又破又爛，真不好意思！但你不滿意的話就搬走啊！

茅廁
水井
空房
空房
空房

豆狸·碰太房東

破爛長屋的擁有者，即是大家的房東。豆狸是一種細小的狸貓妖怪，好像跟岡七這種狐妖不太合得來？

古物精怪·壺三和阿琴的家

夫婦兩位都是古物精怪，壺三是一個古老的水壺，她的妻子阿琴則是古琴。雖然他們看來很古舊，但其實是新婚夫婦。

禿頭廁妖·珍雲的家

禿頭廁妖是很喜歡茅廁的妖怪，聽說他會在大家上廁所時，大叫「加油」來打氣。

第二回
誰是真兇？
岡七來到發生了事情的赤鬼屋。
打擾了！
赤鬼屋
酒
岡七老大你來了！勞煩你特意前來，真的非常感謝。
鬼之赤兵衛
（赤鬼屋的大當家）
赤兵衛先生，你的店到底發生了什麼事？
赤鬼屋的大當家叫鬼之赤兵衛，他雖然長着一副可怕的樣子，但其實是個善良的妖怪，個性體貼；他在很早以前已經認識岡七和草助他們。
「老大，我們店的掌櫃*，昨晚不知被誰襲擊，受了重傷啊。」

赤兵衛帶領岡七和草助到了掌櫃暈倒的地方。
那裏是店鋪後面的廣闊庭院，店鋪的大倉庫也設置在這裏。
我今天一大早起牀，就發現我們的掌櫃長三，倒在倉庫前面。
長手妖怪長三
（赤鬼屋的掌櫃）
赤

「長三的頭部被重擊，無論我怎樣喊他，他也完全一動不動。」

「那麼長三先生現在在哪？」

「我立即送他到附近的大夫處，大夫說雖然長三仍然處於昏迷狀態，但是性命已救回來，可說是不幸中之大幸。」

「那就好了！不過，為什麼長三先生會倒在那裏的？」

「關於這件事……老大，請你看看這個。」

赤兵衛說着就指向倉庫門口，那裏鎖着一個大門鎖。

岡七看着這個門鎖，發現了一件事情。

咦？這個鎖有很多花痕啊。
就是啊，看來昨晚有妖怪想破壞門鎖，潛進倉庫吧？

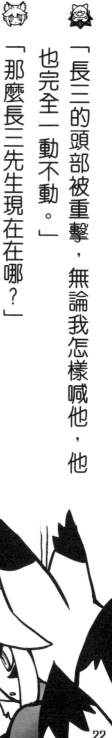

原來如此……就是說長三先生目擊了這件事，兇手一時慌起來，就襲擊長三先生再逃走了嗎？
是的，這樣推測的話，事情就說得通了。
赤兵衛先生，這個倉庫收藏了什麼名貴東西嗎？

「是的，裏面藏有比我性命更加重要的家傳秘寶卷軸。」

「那是什麼？」

赤兵衛坦白告訴岡七他們，那個卷軸上記載的，是赤鬼屋一代傳一代的釀酒家傳秘方。

「赤鬼屋釀的酒大家都覺得非常可口，如果這是關乎到釀酒秘方的話，的確是非常珍貴啊。」

「可以進入倉庫閱讀這個卷軸的，就只有每一代的大當家……也就是說，現時只有我可以進去。」

釀酒家傳秘方

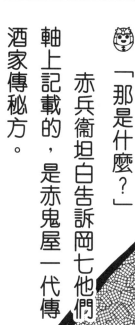

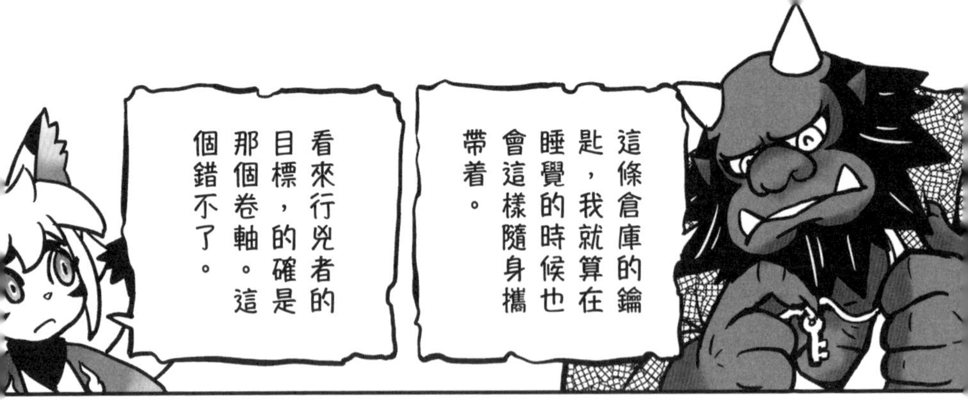
這條倉庫的鑰匙，我就算在睡覺的時候也會這樣隨身攜帶着。
看來行兇者的目標，的確是那個卷軸。這個錯不了。

「是的，而最頭痛的是，行兇者看來是店裏的員工。」

「你為什麼會這樣想？」

「我發現被打昏的長三後，立即去檢查店裏的所有門窗，發現全部都好端端的，從內側鎖上。」

赤兵衛這樣說，正正說明了外面的妖怪無法進入，

而且，我們在圍牆上加設了刺刀欄柵，*想要跨過圍牆潛入來也很不容易。
的確如此。

*刺刀欄柵是古時的裝置，防止小偷跨過屋頂和圍牆潛入。

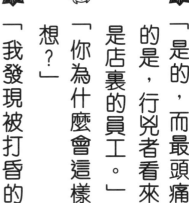

「不過，如果換了是最近很有名的刺蝟小子，說不定他就可以輕易越過欄柵了……」

「不，刺蝟小子昨晚潛入了另一間屋子裏，所以不可能再到這裏來。而且，那傢伙至今也沒讓任何妖怪受過傷。」

「那果然是店裏的員工犯案了嗎……赤兵衛先生，昨晚有幾多員工在這裏？」

「住在這裏的共有十名員工，昨晚除了我和掌櫃長三之外，其餘三個『二掌櫃*』和五個『學徒*』全都在。」

*二掌櫃即是在店中工作的店員，學徒就是當雜務的小孩。

不過，學徒只是小孩，我不認為他們有力氣可以把長三打昏。所以說到有可疑的，就只有三名二掌櫃了……還有啊，老大，當我發現昏倒的長三時，他的手裏正抓住莫名其妙的東西。
莫名其妙的東西？
他正抓着一棵楓樹的樹枝啊。

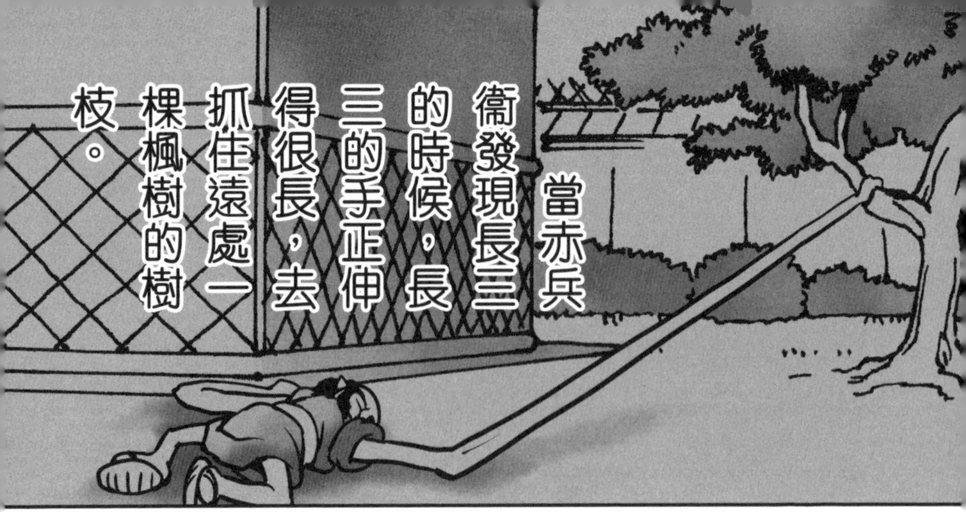
當赤兵衛發現長三的時候，長三的手正伸得很長，去抓住遠處一棵楓樹的樹枝。

「長三是長手妖怪，而且他的手還可以隨意伸長縮短，可我不明白他為什麼要刻意抓一棵那麼遠的樹。」

「呼……說不定這是長三先生留下的線索，告訴大家誰是真兇。」

「大哥，這是怎麼回事？」

「根據我的推測，長三先生應該是看到襲擊他的兇手的樣子，為了讓大家知道兇手是誰，所以他在喪失知覺之前，拚命抓住了楓樹的樹枝……赤兵衛先生，請先讓我見見那三位二掌櫃。」

「好的。」

赤兵衛
於是把三位
二掌櫃帶到
岡七面前。
油紙傘妖怪油紙助
骷髏妖怪骨吉
樹蛙妖怪呱呱作

看到三位二掌櫃後，岡七立即想到了。

「赤兵衛先生，我知道誰是兇手了！」

「真、真的嗎？」

「是的，長三先生果然是想給我們留下兇手的線索。」

給讀者的挑戰

岡七憑着長三留下的線索，一眼就知道誰是真兇了。各位讀者，你也看明白了這個線索嗎？

我問你啊，草助，你覺得楓葉的形狀像什麼？
這塊楓葉的形狀不就像青蛙的爪嗎？而且楓樹還有一個「樹」字啊。青蛙爪形的樹葉，你猜到什麼？
咦？原來是這樣的嗎？

說到青蛙……就是你啊，樹蛙妖怪，呱呱作！
呱呱
你、你說什麼啊？

「我什麼也沒幹啊！只有這些所謂的線索就把我當成兇手，真是太過分了！」

可是，呱呱作的臉卻變得鐵青。

「沒關係，待長三先生醒來，就可以清楚告訴我們誰是真兇了，你就先到牢房待著吧。」

不，我才不要進牢房！
跳起
呱呱作被逼問之下，突然跳得高高的，竟打算逃離現場。
啊！
豈會讓你逃！
拋出
捲着
捲着
呱呱？
噗沙
啊！

跳進水池裏的呱呱作，一直躲藏在水中不出來。
「大哥，怎麼辦？他是青蛙，在水裏可是如魚得水，得難對付啊。」
那麼，我讓他自己出來就行啦！
冒出
冒出
狐火，沸騰之術！
岡七變出很多狐火，並將它們都投進水池裏。
嘶嘶
嘶嘶
嘶嘶
嘶嘶嘶嘶

池水馬上變成了很燙的熱水。
好熱啊！
冒泡
好，出來了！接下來看我這招！
變身術！
我變！
咦？
大、大哥，這是什麼？
……？

「不過啊，岡七大哥，你幹嗎要變成鏡子？」

「你不知道嗎？聽說蟾蜍、青蛙在鏡子看到自己時，會被自己可怕的樣子嚇到流出油脂和汗，然後動彈不得的。」

「什麼？你怎會相信這麼無聊的傳說？」

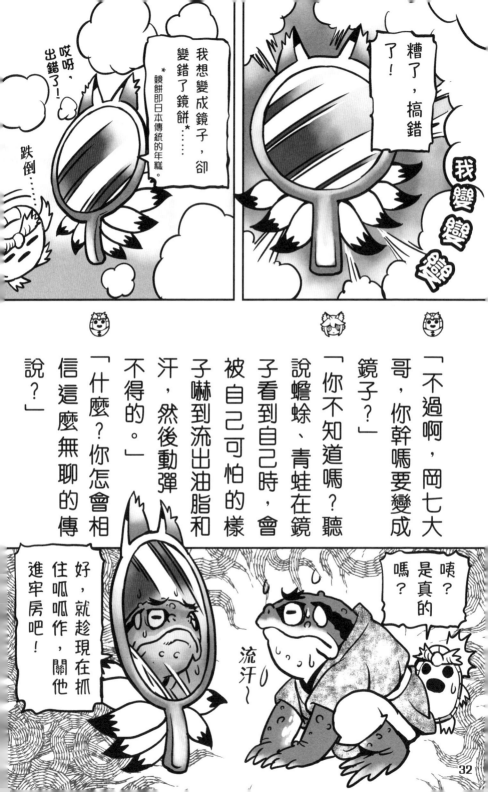

可是，赤兵衛卻制止了岡七。

「老大，你可以放過呱呱作嗎？」

「什麼？」

「呱呱作這員工為我工作多年，我很清楚他本質不壞，今次應該只是他一時想錯了。」

而且，幸好長三的性命也無恙，家傳卷軸也沒有失去。所以請你放過呱呱作，不要抓他進牢房！
大當家……
唔……既然赤兵衛先生也這樣說，也就沒法子了……
不過，你也不可以再留在店裏工作了。你收拾好行裝，去別的地方吧。
是的……大當家，我感激不盡！

你要保重身體啊！
就這樣，呱呱作離開了赤鬼屋。
大哥，這樣行嗎？
算了，就這樣吧。

「不過啊，赤兵衛先生真是心腸太好了。他不應該叫鬼之赤兵衛，該叫菩薩赤兵衛才對啊。」

赤兵衛容易心軟的性格，在妖怪江戶鎮也是非常有名的。

話說回來，老大，你查案的手法真精彩！為了慶祝事件得到解決，我會準備腐皮壽司等美食給你們享用，今天你們就好好享受一下吧。
什麼？腐皮壽司？
岡七最喜歡腐皮壽司。
最後，他們就在赤鬼屋留到很晚才回家。

當岡七不在家的時候，在長屋這邊……
小岡還沒回來嗎……說不定赤鬼屋的事情很難搞啊。
其實，此時事情早已圓滿解決，岡七正在赤鬼屋享用腐皮壽司，只是阿六還不知道而已。

此時，岡七家旁邊的房間，
傳出了輕微的聲響。
喀嗟
啊！

「小岡的鄰房一直都沒有租出，為什麼在這個時候會有聲音發出來的？」阿六想也不想就打開了那個房間的門。

誰在裏面？
打開
在裏面的，正是刺蝟小子零吉！
！

原來，逃過
昨晚追捕之後，
負傷的零吉跑到空房間裏養傷休息。

而阿六當然不知就裏。

「哎呀，你受傷了嗎？」

阿六發現零吉手臂上的傷口。

「沒、沒大礙的。」

「你胡說什麼，明明傷得那麼嚴重。你來我家，我立即為你包紮治療吧。」

就這樣，阿六在毫不知情之下，幫刺蝟小子治療了……

妖怪江戶鎮的各式妖怪 店舖篇

在妖怪江戶鎮裏，很多妖怪都會像釀酒店的鬼之赤兵衛那樣，利用自己的特別技能去開店做生意，下面就為大家介紹那些店舖。

洗豆妖的饅頭店

來來來，新鮮出爐的饅頭！裏面塞滿好吃的紅豆蓉啊！

洗豆妖最喜歡淘洗紅豆，他用那些豆來做紅豆蓉，開了一間美味的饅頭店！

省油僧的油豆腐店

來，要吃油豆腐嗎？

省油僧是很喜歡油的妖怪，他經營着油豆腐的店子。油豆腐就是把豆腐放到油裏去炸，是岡七很愛吃的一種食物。

豆腐小子的豆腐店

要買豆腐嗎？

豆腐小子賣的，正是油豆腐的材料——豆腐。不過，他的豆腐有好有壞，吃中壞豆腐的話，肚子會長霉菌啊！

白鉛粉婆婆的化妝品店

白鉛粉婆婆很喜歡在臉上塗白鉛粉（古時的白色粉底），她最初只在店裏售賣白鉛粉，但因為大受歡迎，之後開始售賣唇膏等其他化妝品。阿六偶然也會在這裏當兼職店員。

人面車的車房

人面車是由古老的牛車化成的古物精怪，現正經營車房，提供接載妖怪服務。以現代來說，就像計程車一類的服務。

⑦ 妖怪江戶鎮的小知識 店員的職級

故事中也有簡單提及，大型店舖裏的員工會有不同的職級，跟現代的店舖一樣。

大當家：店裏的老闆。

▼

掌櫃：位處老闆之下。

▼

二掌櫃：店舖最重心的店員。

▼

學徒：擔任雜務和跑腿的初級員工。

第三回

阿六與零吉

阿六跟當木匠的爸爸一起生活。

可是這天，爸爸到了遠處工作，要在外頭留宿，所以只有阿六獨

「有困難的時候應該互相幫忙的，所以你不用客氣啊。不過啊，你是在哪裏弄到這麼嚴重的傷？」

零吉沒有回答，只是一味的保持沉默。

「你是有什麼苦衷嗎？如果你被什麼難搞的事情纏身，可以找小岡商量看看啊。」

「小岡是誰？」

「哦，他是住在隔壁的捕快，現在外出了。」

「什麼？捕快！」

聽到捕快這兩個字，零吉臉色都變了。

「你幹嗎這麼慌張？難道你有什麼事情不可以讓捕快知道嗎……」

說到這裏，阿六終於想起一件事情。

然後她默默站起來，走到房間的一角，戰戰兢兢地拿起地上的通緝令。

騙……騙人的吧……
通緝犯
刺蝟小子
零吉
穿幫了嗎……對啊，我就是在這個鎮上鬧得沸沸揚揚的大盜啊。

「不過，你不用害怕啊，阿六小姐。你曾救助過我，我才不會恩將仇報。」

「哼！我、我才沒有害怕啊！」

可是，阿六的聲音卻有點顫抖。

「那我要走了，我的真正身分被揭露了，也不宜久留在此。」

嗚！
啊，你不要勉強啊！你就在這裏稍微休息一下吧！

可是，因為傷口仍在疼痛，零吉一站起來，就忍不住發出了一聲低吟。

「不，這可不行啊……」

「你怕小岡回來嗎？沒事的，每當要辦理案件的時候，他總會到早上才回來啊。」

「可是……」

「對了，你肚子餓嗎？」

「啊？」

這些腐皮壽司我本來是做給小岡吃的，若你不嫌棄的話，現在就吃一點吧？
看啊！
啊哈哈，你的肚子真誠實！
咕嚕～
零吉從昨天開始就沒吃過任何食物了，所以他狼吞虎嚥地把阿六的腐皮壽司都塞進嘴裏。
大口
大口
阿六小姐，你真的不怕我嗎？我可是大盜啊。
嗯，最初是有點給嚇倒，但你看來不是壞蛋……不過，你為什麼要當盜賊啊？

「這當中是有點因由的……你會聽我說嗎，阿六小姐？」

語畢，零吉就開始說起自己的身世。

「我的家鄉，是位於妖怪富士山山腳的一條小村莊……」

妖怪富士山是一座美麗的大山，從妖怪江戶鎮也可以看到。

「我和妹妹阿一，自小就被爺爺養育。」

「你們沒有父母嗎？」

「他們在阿一出生後不久，就遇上洪水死了。」

「那真的太慘了……」

「不過，因為有爺爺養育我們，所以我們也不覺孤單。爺爺現在是以打獵為生，但他以前是個很厲害的忍者啊，所以他從我小時候，就教我各種忍術及妖術。」

看來零吉現在使用的神奇妖術，都是來自他爺爺的真傳。

零吉一直跟妹妹及爺爺在故鄉幸福快樂地生活着，並夢想像爺爺那樣成為忍者。

「可是，在一年前的某一天，阿一突然失蹤了。」

「什麼？怎會這樣的？」

「是我不好，我和阿一為了一些無聊的事情吵架，她生氣極了，連夜一個跑出去，走進了山裏，從此就再沒回來了……」

村民知道這件事後，和零吉及他的爺爺一起跑進山裏去找阿一，可是找了很多天都沒有發現。

「我也以為她是被野獸襲擊或是被神隱*起來了，所以曾經一度死心了。可是，三個月前，一位村民說他來到妖怪江戶鎮辦事時，看到一個很像阿一的女孩！」

零吉的妹妹阿一

*神隱：日本古老傳說認為，小孩失蹤找不着，多半是被神或妖怪拐走了，所以稱為「神隱」。

「你妹妹難道來了妖怪江戶鎮嗎？那真是太好了！」

「不……那個村民是在遠處看到的，所以也不能確定是否真的是阿一。所以我才來妖怪江戶鎮，打算親自去確認一下。」

「原來如此。不過，這跟你當盜賊有什麼關係？」

零吉來到妖怪江戶鎮，最初也全無計劃，只在街上漫無目的地找。可是妖怪江戶鎮實在太大，鎮民也多，可不是這麼容易就找得到。零吉也去過找官員幫忙，可是妖怪江戶鎮有太多離家出走的女孩，所以他們真的有心無力。

煩惱的零吉就想到，不如首先讓妹妹知道自己來了妖怪江戶鎮。如果要讓她留意，最好的做法就是讓自己揚名於鎮內。

「……所以你就當上盜賊？」

「當盜賊當什麼也行，只要我的名字傳開去，說不定阿一會自己來找我。」

「所以你才會在偷錢後，特意留下字條，清楚地寫上自己名字嗎？」

「就是這樣啊。而且，雖說我是盜賊，但我的目的本來就不是為了錢，所以只會在壞蛋身上下手，偷來的錢也全分派到鎮上去。之後，我的名字就如計劃一樣，傳遍了妖怪江戶鎮，可是阿一卻還是完全沒有音訊……」

「原來你所做的一切都是為了找妹妹。」

「歸根究底，都是我害她失蹤的。」

如果我不是因為無聊的事情跟她吵架，她也不會跑到外面去……我好想知道她在妖怪江戶鎮過得怎麼樣啊！
零吉先生……
就在此時……

喂！阿六，你還沒睡嗎？
一驚！
不好了，是小岡！
我出去外面引開小岡的注意，你就趁現在從後面的窗戶逃出去吧！
阿六自己也搞不太懂，但她在那一刻已決心要讓零吉逃去。
阿、阿六小姐你……
阿六立即打開門，跑到屋外去。
關上
你、你回來啦，真晚啊。
對啊，因為赤鬼屋他們請我們吃得好豐富啊。

「那真是太好了。」

「那件事情也順利解決了，明天開始我就全力找尋刺蝟小子！」

「是、是嗎……」

「你也請早點睡啦，晚安！」

「嗯，晚安。」

阿六看着岡七進了屋，她才返回家裏。回到去的時候，零吉已經走了。

可是，零吉卻留下了一張字條給阿六。
看來零吉先生已經順利逃走了……
阿六小姐，謝謝你。你的大恩大德我一生也不會忘記。零吉
咦？這是……
希望你可以找到妹妹……

大蟒蛇屋
原來零吉的妹妹阿一，真的來到了妖怪江戶鎮。
而且還成了大戶家庭「大蟒蛇屋」的養女。
當零吉跟阿六談着妹妹的同時，阿一正巧也在想着哥哥的事情。
通緝犯
刺蝟小子
零吉
哥哥，你怎麼會當上盜賊的……
就如零吉所料，阿一知道哥哥來了妖怪江戶鎮後，正在想辦法見他。
開門
阿一，你還沒睡嗎？
！

哎呀哎呀，你又在想念哥哥嗎？
大蛇妖・蛇之助
（大蟒蛇屋的大當家）
你不用把它藏起來啊。阿一，你真的那麼想見你哥哥嗎？
不、才沒有……

「恐怕你們很快就會見面啊，因為我們大蟒蛇屋，是以壞事和惡業聞名的啊。」

蛇之助的店鋪跟赤鬼屋同是釀酒店，不過跟大受好評的赤鬼屋截然不同，他們是靠做壞事來賺錢的，醜聞不絕於耳。

「我們完全就是刺蝟小子的目標啊。不過啊，他潛入來之後，就會發現自己的妹妹也在這裏，到時一定會大吃一驚啊，嘿嘿嘿……」

蛇之助邊說邊殘忍地笑着。

「求求你！如果哥哥真的來到這裏，請讓我跟哥哥一起返回故鄉！」

「什麼？你說要回去故鄉？」

阿一……難道你已經忘了是誰救了你的嗎？
不，我沒有忘記……

就在一年前——阿一跟零吉吵架後，一個在夜深幽靜的山上迷路了。

此時，正要返回妖怪江戶鎮的蛇之助經過，就救助了阿一。

「那時候，是誰救了在山中迷路的你？」

「……」

「而且啊，『我不想再回到那個家，面對那樣無理取鬧的哥哥』這句話不是你自己說的嗎？」

「那是因為我們為了一些無聊的事吵架，才衝口而出的……」

「什麼理由也不重要，就是因為你這樣說，我才帶你來妖怪江戶鎮，讓你當我的養女啊。」

「這一點我是很感謝你的。」

「我之前也說過吧？你早晚會跟大戶家庭的少爺結婚，那樣我就可以把酒品大量賣給他的店，順利的話，說不定連他的店子也可以弄到手來。」

你是這個計劃的重要工具，千萬別忘了這一點啊。
嘿嘿嘿……
你是個美麗的姑娘，相信再過兩三年，就會有很多富貴子弟慕名而來求親啊。

此時，房外傳來聲音，來自蛇之助的店鋪的二掌櫃。
大當家，赤鬼屋的二掌櫃前來求見。
這麼晚？算了，帶他來吧。

被帶到房間裏的，竟然是剛才的樹蛙妖怪呱呱作！
蛇之助先生，對不起。我實在下不了手，不能偷卷軸。
你說什麼！

原來呱呱作是受到蛇之助的指使，在赤鬼屋偷家傳卷軸的。

蛇之助看見赤鬼屋售賣的酒比自己店的好喝，生意又好，不禁心生妒意，所以就花了大錢來收買呱呱作，唆擺他背叛老闆赤兵衞。

可是，看來呱呱作改變主意了。

「蛇之助先生，我當時被你的金錢蒙蔽，但今天赤鬼屋大當家寬恕了我的罪，令我清醒過來了。請你容許我退出這個計劃。」

「你說什麼？如果我得到那個卷軸的話，我們店也會跟赤鬼屋一樣釀出美味的好酒，那就會賺得更多，你也會成為我們店的掌櫃啊。你是說要放棄這一切嗎？」

變化……
總之，我現在把所有錢都還給你，然後便會離開妖怪江戶鎮，回到我出生的故鄉。我們應該不會再見面了。
你以為這樣就可以了事嗎？

嘶
盛怒的蛇之助露出了他的本來面目。
嗚哇！
他的真身，原來是一條可怕的超級大蛇！
變成大蛇的蛇之助，把呱呱作從頭開始吞下。
吃下
嗚……
可是，馬上又把呱呱作吐出來了。
吐！

你太難吃了！吃下你的話，我肯定會搞壞肚子的！
吐！
吐！
我不要再見到你！我可以留你一命，但你別要再在我面前出現！
嗚哇~
趕走呱呱作後，蛇之助回望房間，看着躲在角落發抖的阿一。
「哎呀，阿一，你在害怕什麼啊？」
不用害怕啊。只要你都聽我說的，我才不會吃你啊……
阿一的命運將會如何？而零吉又能否與阿一重逢呢？
哥哥，救我啊……

妖怪江戶鎮的各式妖怪 鎮外篇

妖怪江戶鎮及附近一帶的地圖

妖怪江戶的中心區是很具規模的城鎮，但在鎮外還有其他農村、漁村、山村等，就讓我們為大家介紹住在鎮外的妖怪吧！

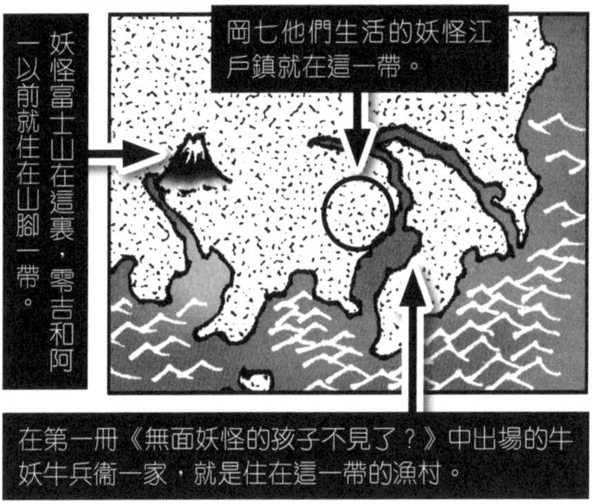
岡七他們生活的妖怪江戶鎮就在這一帶。
妖怪富士山在這裏，零吉和阿一以前就住在山腳一帶。
在第一冊《無面妖怪的孩子不見了？》中出場的牛妖牛兵衛一家，就是住在這一帶的漁村。

農村妖怪

泥田怪

泥田怪的身體是由泥土組成，其實他很喜歡在田地裏種稻，性格勤勞。

赤舌

當乾旱持續而雨水不足時，赤舌就會冒出來。而且聽說他出現後，乾旱還更加持續。

平四郎蟲

平四郎蟲是愛稻穗的昆蟲妖怪，會隨處亂吃其他妖怪的稻穗，所以泥田怪很討厭他；當他被抓住，就會放出臭氣啊。

漁村妖怪

岩礁女妖

岩礁女妖的外表雖有點可怕，但她其實是勤勞的捉魚妖怪，最擅長潛進海中抓魚貝！

榮螺怪

生活了幾十年而成精的榮螺妖怪，連捉魚妖怪岩礁女妖也對他感覺噁心，而不會抓他。

海和尚

總是在海中悠閒暢泳的海龜妖怪，有說他住在海底的龍宮城。

山村妖怪

擦腳妖

藏身在山村草叢裏的妖怪，最喜歡絆着路過的妖怪的腳，使他們摔倒。

柿子妖怪

柿樹結果後不採集，柿子就會變成妖怪。不過，他們也不會幹什麼壞事，就這樣放着不管直到柿子壞掉，就會掉到地上去。

飢餓神

隱藏在山上的妖怪，被他附身後會感到非常肚餓，最後餓到沒有氣力，動彈不了。不過，只要將食物分給他，他就會離開。

第四回
決戰大蛇妖

阿六遇上零吉之後過了十天——這段期間，零吉低調下來。可是，看來又有事情即將要發生了……
各位留意啊！久違了的刺蝟小子昨晚又再出現了！今次他看上的，竟然是釀酒店赤鬼屋啊！
從早上開始，報販就已經將整個妖怪江戶鎮鬧得沸沸揚揚。
赤鬼屋？那不是菩薩赤兵衛先生的店子嗎？
那間是做正當生意的好店子啊！
刺蝟小子不是只針對壞蛋的正義俠盜嗎？
這是怎麼回事啊？

而且，今次有點不一樣啊！刺蝟小子偷的，是赤鬼屋代代相傳的家族秘寶卷軸！他偷了東西之後，還在店裏大肆放火後才逃去，真是太可怕了！
欲知詳情，就要看看這份快訊了！來買啦，來買啦！
竟然還放火了嗎？
那可是枉為俠盜啊，他不過是盜賊狂徒！
刺蝟小子那傢伙究竟是怎麼了？
在報販吵吵嚷嚷的同時，岡七和草助剛好回到長屋。
他們一大早就到赤鬼屋那邊查看了。
小岡！草助！赤鬼屋那邊怎麼樣了？

唉……他們的秘寶卷軸不單被偷了，而且店鋪和大宅有一半以上都被燒掉，真是慘不忍睹。
總算是不幸中之大幸，雖然有不少員工受到輕微的火傷，但還好沒有導致死亡！
太好了！沒有無辜者葬身火海就好了……
呼……

「那是因為火災剛發生的時候，不知是誰在大喊『有火警啊！』，所以大家才得以儘快逃離災場。不過現在卻沒法搞清楚那個叫喊的是誰，真是太奇怪了。」

「赤兵衛先生他不顧被偷去的卷軸，反而更擔心那些受到火傷的員工，他真是菩薩心腸啊。」

「我深信，只要一天有赤兵衛先生在赤鬼屋，就算失去了卷軸、店鋪被燒了，他們很快就能重新振作、東山再起的！」

「不過啊，小岡，今次事件真的是刺蝟小子做的嗎？」

「是的，不會有錯。因為他如平常那樣，留下了『刺蝟小子零吉到此一遊』的字條。」

「刺蝟小子以後不會再受大家愛戴了，偷東西後竟然還放火，誰也不會再叫他俠盜了。」

「真可惡，這下子我就不用有任何顧慮，可以直接抓他進牢房了！」

「不……不是這樣的……」

「唔？什麼不是這樣的？」

不對！今次事件一定不是他做的！零吉先生不是會做這種事的！
不、不是他做的？零吉先生是誰？
你……知道刺蝟小子的什麼事情嗎？

阿六，如果你知道什麼消息，請告訴我！
阿六將之前的事情，全都告訴岡七了。
其、其實……
什麼？原來那時刺蝟小子就在這裏嗎……
岡七讓近在眼前的刺蝟小子逃掉，覺得非常悔恨。
對不起……

「不過，我不認為零吉是壞蛋啊。今次的事情，他一定是有什麼苦衷才這樣做啊！」

聽到阿六這麼努力地維護零吉，岡七好像也有點被打動。

「呼……阿六連你都這麼說，說不定事情真的有隱情。」

「你願意相信我嗎？」

「總之，我得先找出零吉，聽聽他自己怎麼說才行。阿六，你有什麼東西還留有零吉的氣味嗎？」

「氣味嗎……對了！我為零吉的手臂處理傷口時，用過一塊布來抹他的血！」

「那你快拿那塊布出來吧！」

阿六匆忙跑回家裏，把布拿過來。

就是這塊了！不過我已經洗乾淨，不再沾有血跡了。
沒關係，還留有氣味，只要追尋這種氣味，就可以找到他藏身之處！
嗅嗅
就算是很輕淡的氣味，岡七也可以分辨出來。

行了！氣味能在這裏接續下去了！
大哥，加油啊！
嗅嗅

當天晚上——
大蟒蛇屋
可惡！
不知為何，零吉竟然被關在大蟒蛇屋的牢房裏面。
蛇之助那混蛋，竟然不遵守承諾！
哦……你竟然被關在這種地方，江湖第一大盜也有失手的時候嗎？
一驚
你、你是誰？

雖然我變成這個老鼠的樣子了，但我是捕快，狐妖岡七。
這隻小老鼠，原來是岡七變身而成的。岡七追蹤着零吉的氣味，終於找到這裏來。
岡七？就是那一晚突然回來的捕快？

對，我就是那一晚讓你在眼前逃去的笨捕快。
原來如此……那你今次就要來抓我了嗎？

「唔，算是吧。不過，在抓你之前，我有事情要問個明白。你幹嗎會被關在這裏的？」

「你願意聽我解釋？那真是太好了！」

零吉開始說起事情的始末。

「兩天前的晚上，我如常的潛入大宅中去偷竊……」

零吉果然如蛇之助的預測那樣，看上了大蟒蛇屋，並偷偷潛進去了。
然後，零吉重遇妹妹阿一！
阿一！你為什麼會在這裏？
哥哥！
你終於來了嗎？刺蝟小子，恭候多時了！
零吉，你要跟我的話去做，否則我不保證你最疼愛的妹妹會怎樣啊……
蛇之助一直在等待零吉的到來，因為他早就想好怎麼利用零吉的才能。
我、我明白了，就聽你的……
蛇之助命令零吉潛入赤鬼屋，偷取赤兵衛的家傳卷軸。

而且，蛇之助還要零吉在偷取卷軸之後放火燒掉整間店鋪，他要赤鬼屋這個競爭對手再也釀不了酒。

「原來如此……那你就按照他的說話做了？」

「為了救阿一，我別無選擇！不過，我無論如何也不想看到有無辜者因為火災而死，所以我放火後，立即四處大叫『有火警啊』，讓店裏的妖怪知道。」

「原來大叫火警的正是你嗎！」

「可是，當我把偷來的卷軸交給蛇之助後，他竟然……」

做得好！看來你真有點用處，就讓你多留在這裏為我辦事一段時間吧！這段期間，阿一就交給我照顧好了。
你、你真卑鄙！

「唔……然後你就被關到這裏來了嗎？」
「正是。」
「那麼阿一在哪裏？」
「我不知道，應該在這大宅的某個地方吧……」
「那麼，要跟我一起去找她嗎？」
「怎、怎麼出去？」
「交給我吧，我現在就還你自由。」
說罷，岡七就向零吉施展妖術。

轉移變身術！
變身！
啊呀？
來，走吧！
好的！

岡七和零吉在大宅中四處找尋，終於在一個倉庫中，找到被關起來的阿一了。
找到了！阿一！
我們立即來救你！
雖然倉庫上鎖了，但對回復原狀的零吉來說，簡直是輕而易舉。
變回
不愧是大盜！手藝真高強……
好，打開了！
咔嚓
吱呀～
阿一，我們快逃！
哥哥！

鈴鈴鈴
可是，蛇之助警戒心強，他在倉庫設了機關，只要門被打開，他房內的鈴鐺就會響起來。
嚇！
蛇之助匆忙趕到倉庫，與準備逃走的岡七他們碰個正着。
你、你們幾個！
呀！
現身了嗎？大蟒蛇屋的蛇之助！零吉已經把一切告訴我了！
你就乖乖接受我狐妖岡七的制裁，束手就擒吧！

唦唦唦 唦唦唦
原來連捕快也來了嗎？
那就沒法子了……
唦唦唦
就讓我把你們全都吞掉吧！
這傢伙怎麼回事？

原來這才是你的真面目！
阿一，你找個地方躲起來！
是的！
來吧，我把哪一個先吞掉好呢？
嗚哇！
散開！
狐火散彈！
冒出
冒出
刺蝟妖術，飛針！
呼呼發射……

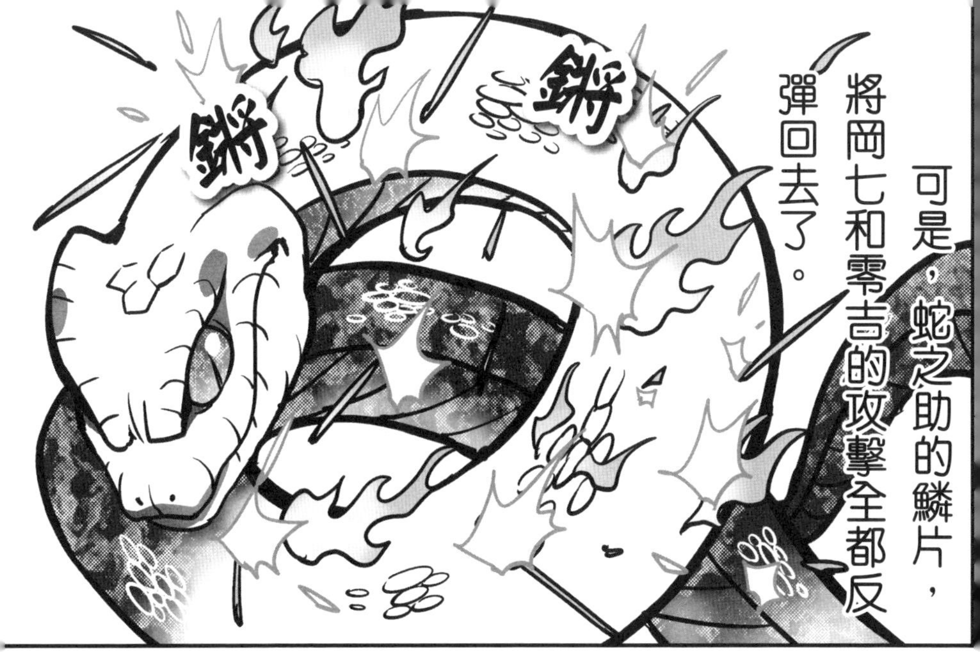
可是，蛇之助的鱗片，
將岡七和零吉的攻擊全都反
彈回去了。
鏘
鏘

「我的狐火完全攻擊不到他！」

「嘿嘿，我的鱗片可是很硬的，至今從沒被對手弄過一丁點的損傷！而且，它們還可以這樣攻擊啊！」

妖術，鱗片飛鏢！
颼颼
颼颼颼颼

岡七他們要躲到物件的後面，才得以避過攻擊。

「可惡！面對着這條沒手沒腳的大蛇，我們也是手忙腳亂啊！」

「喂！現在可不是說笑的時候啊！」

「我明白啊！但我們可以怎麼辦？」

「我有一個策略……」

「什麼？說來聽聽！」

零吉走到岡七的耳邊說了他的策略。

蛇之助等得不耐煩，就向他們叫喊。

「你們要在後面躲到什麼時候？你們再不出來，我就先把阿一吃掉！」

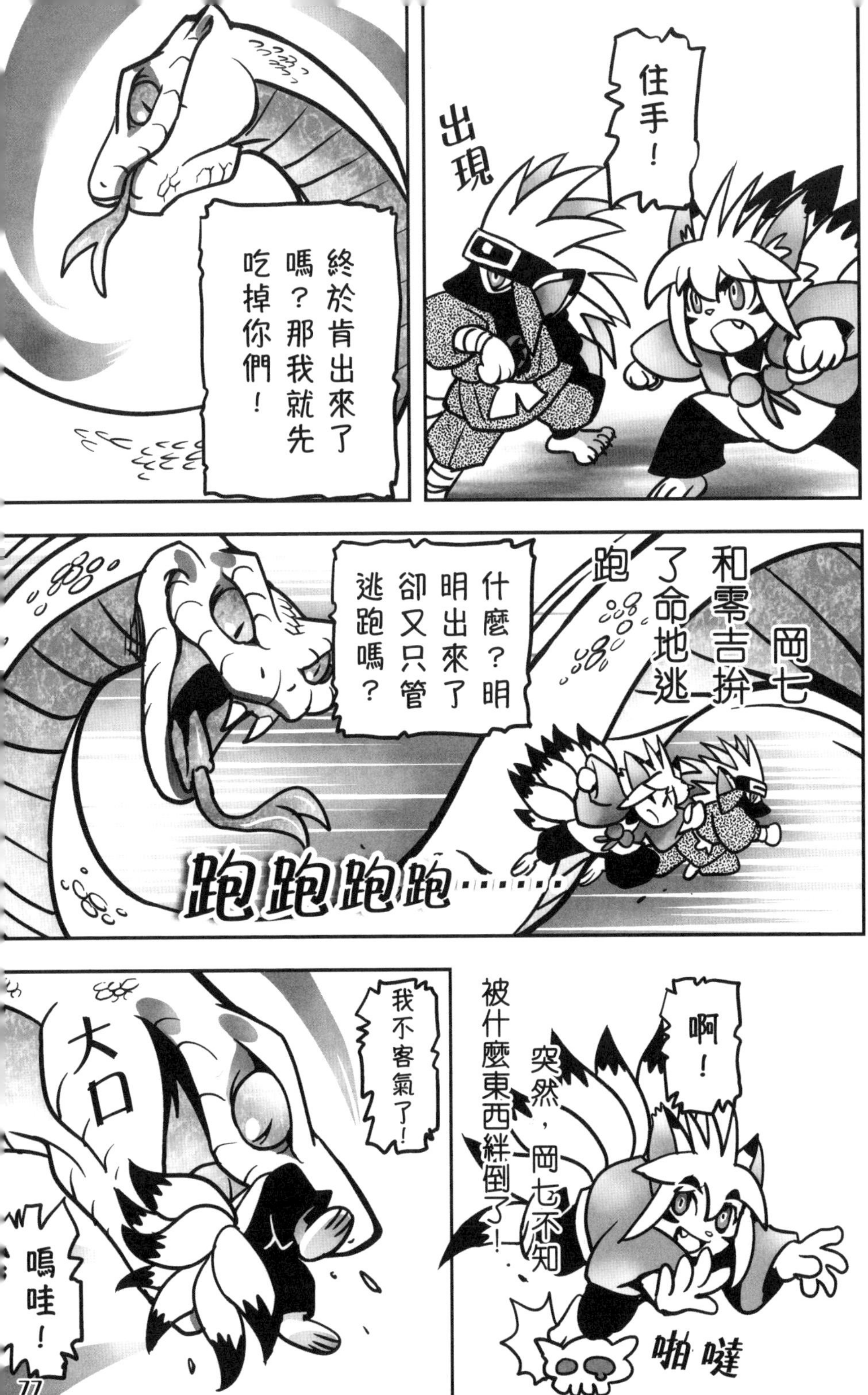
住手！
出現
終於肯出來了嗎？那我就先吃掉你們！
岡七和零吉拚了命地逃跑
什麼？明明出來了卻又只管逃跑嗎？
跑跑跑跑……
啊！
突然，岡七不知被什麼東西絆倒了！
啪嗟
我不客氣了！
大口
嗚哇！

吞下
蛇之助將岡七由頭到腳，整個吞下了！
啊呀！

「這個捕快就這樣被我收拾了。零吉，接下來就輪到你！」

可是，不知何故，陷入險境的零吉竟然大笑起來。

「嘿嘿……可惜我不是零吉！」

「你說什麼？」

唏啊！
變身
原來這個零吉是由岡七變成的！
這麼說……
噠

「聽好了，蛇之助！你剛才吞下去的，是零吉啊！」

剛才岡七他們躲起來的時候，岡七將自己變成零吉，再將零吉變成了自己。也就是說，他們調換了身分。

「你、你們幹麼要這樣做？」

「喂，蛇之助，你沒有遵守跟零吉的約定吧？」

「那又怎麼樣？」

「就讓我來告訴你，不遵守承諾的壞蛋會怎麼樣吧！古語不是常常說，說謊話的傢伙，就要受懲罰嗎？」

零吉，來吧！
聽到岡七的叫喚，零吉在蛇之助的肚子裏回應。
好的！
什麼？

刺蝟妖術，千針刺！
嗚哇！
啪吵啪吵
啪吵啪吵
隨着零吉的叫喊聲，蛇之助的肚子膨脹起來！
原來，剛才零吉裝成罔七的樣子，特意被蛇之助吞掉。然後在蛇之助的肚子中發出攻擊！
就算你外面的鱗片多堅硬也好，肚子裏也是弱不禁風的！
零吉的策略成功了！

蛇之助忍受不了痛楚，所以把零吉吐出來了。
吐！
踏
你沒事嗎，零吉？
嘿，當然沒事啦！
蛇之助仍在痛苦地張着嘴，岡七趁機向着他發射狐火！
嗚啊～
呀啊啊啊～
好，就讓我來了結他吧！
狐火爆烈彈！

吞下……
嗚啊！
轟隆！
岡七發射的狐火，在蛇之助的肚子裏爆炸了！
成功了！
幹得好！

沉沉倒下
就這樣，蛇之助被岡七拘捕了。
草助，把這傢伙關進牢房裏！
大哥，遵命！
好了，我也會乖乖就擒的。面對捕快岡七，我甘拜下風。
哥哥！
零吉你……

如果你要抓哥哥的話，請連我也一起抓吧！因為他所做的一切都是為了我的！
阿、阿一……

岡七想了一會兒後，就向零吉說。

「刺蝟小子在赤鬼屋作最後一次盜竊後，從此在妖怪江戶鎮消失……你們覺得這個劇情怎麼樣？」

「什麼？」

「我是說，如果你答應我，你跟阿一回鄉後，從此不再盜竊，我就放過你。」

「真、真的嗎？」

「這樣的話，也不會讓阿六傷心……」

那就後會有期！
快步行走
謝謝你啊，捕快岡七！

就這樣，事情順利解決了。可是……
那之後約一個月的一個早上……

開門
呼啊~
啊，小岡，早安啊！

「我昨天聽房東說啊，小岡隔壁的空房子會有新鄰居搬進來啊！」

「呵呵，竟有妖怪會搬進這間破爛長屋，恐怕也是品味獨特的妖怪吧……」

早安！
岡七話沒說完，就有聲音跟他打招呼了。
轉身
啊，早安……

我們從今天起會住進長屋裏來，以後請你們多多指教了！
新鄰居竟然是零吉和阿一！
什麼～

你們不是已回鄉了的嗎？
是回鄉了啊……不過回鄉後，現在正式搬來了。
我是答應了回鄉，不過沒答應過你不能再來啊……

「我喜歡上妖怪江戶鎮這個地方。不過爺爺他不想來，所以就我和阿一，兩個暫住在這裏。對了，我答應過你不會再盜竊，我會遵守承諾的，你放心吧！」

嘻嘻……其實哥哥想向岡七和阿六報恩，才回到妖怪江戶鎮這裏的。
阿一！別說這些無謂的話啊……
我們才沒有要你報恩啊！
算了算了，小岡，多兩個朋友不是更開心嗎？
妖怪江戶鎮，今天也是晴空萬里！
放過我吧～
名震天下的大盜——刺蝟小子的故事，就此完結。下回再見吧！

作者：大崎悌造

1959 年出生於日本香川縣，畢業於早稻田大學。1985 年以漫畫作者的身分進入文壇。因自幼喜歡妖怪、怪獸及恐龍等題材，所以經常編寫此類書籍，並以 Group Ammonite 成員的身分，創作《骨頭恐龍》系列（岩崎書店出版）；此外亦著有日本史、推理小說、昭和兒童文化方面的書籍。

繪圖：有賀等

1972 年出生於日本東京，擔任電玩角色設計及漫畫、繪本等繪畫工作。近年作品有漫畫《洛克人Gigamix》（CAPCOM 出品）、《風之少年Klonoa》（BANDAI NAMCO GAMES 出品；JIM ZUB 劇本）、繪本《怪獸傳說迷宮書》（金之星社出版）等；電玩方面，在「寶可夢 X · Y」（任天堂出品；GAME FREAK 開發）中參與寶可夢角色設計，亦曾擔任「寶可夢集換式卡牌遊戲」的卡面插圖繪畫。

色彩、妖怪設計：古代彩乃　　作畫協力：鈴木裕介

日文版美術設計：Tea Design

妖怪捕物帖——妖怪江戶篇

②狐妖捕快初會刺蝟大盜！

作　　者：大崎悌造
繪　　圖：有賀等
翻　　譯：HN
責任編輯：黃楚雨
美術設計：劉麗萍
出　　版：新雅文化事業有限公司
香港英皇道499號北角工業大廈18樓
電話：(852) 2138 7998
傳真：(852) 2597 4003
網址：http://www.sunya.com.hk
電郵：marketing@sunya.com.hk
發　　行：香港聯合書刊物流有限公司
香港荃灣德士古道220-248號荃灣工業中心16樓
電話：(852) 2150 2100
傳真：(852) 2407 3062
電郵：info@suplogistics.com.hk
印　　刷：中華商務彩色印刷有限公司
香港新界大埔汀麗路36號
版　　次：二〇二二年七月初版

ISBN: 978-962-08-8055-1
ORIGINAL ENGLISH TITLE: *YOUKAI TORIMONOCHOU 2 DAIDOROBŌ! HARINEZUMI KOZŌ*
Text by Teizou Osaki and Illustrated by Hitoshi Ariga

18/F, North Point Industrial Building, 499 King's Road, Hong Kong
Published in Hong Kong, China,
Printed in China